北岳诗库

孔令剑
— 主编 —

路过人间

JIANG YANLI
WORKS

蒋言礼————————著

山西出版传媒集团　北岳文艺出版社

·太原·

图书在版编目（CIP）数据

路过人间 / 蒋言礼著． — 太原：北岳文艺出版社,2018.8
（北岳诗库 / 孔令剑主编）
ISBN 978-7-5378-5646-1

Ⅰ．①路… Ⅱ．①蒋… Ⅲ．①诗集－中国－当代
Ⅳ．① I227

中国版本图书馆 CIP 数据核字（2018）第 175875 号

书　　名：路过人间
著　　者：蒋言礼
策　　划：续小强
责任编辑：王宜青
书籍设计：张永文
印装监制：巩　璠

出版发行：山西出版传媒集团·北岳文艺出版社
地　　址：山西省太原市并州南路 57 号
邮　　编：030012
电　　话：0351-5628696（发行部）
　　　　　0351-5628688（总编室）
传　　真：0351-5628680
网　　址：http://www.bywy.com
E - mail：bywycbs@163.com
经 销 商：新华书店
印刷装订：山西万佳印业有限公司

开　　本：890mm×1240mm　1/32
字　　数：86 千字
印　　张：5.75
版　　次：2018 年 8 月第 1 版
印　　次：2021 年 1 月山西第 2 次印刷
书　　号：ISBN 978-7-5378-5646-1
定　　价：37.00 元

本书版权为本社独家所有，未经本社同意不得转载、摘编或复制

策划人语

"诗歌出版"是北岳文艺出版社的重要传统。前有"黑皮诗丛",后有"天星诗库",皆为中国当代诗歌杰出诗人之重要出发地。更有"外国名诗珍藏",如今依然为广大诗歌爱好者所珍赏。

"北岳诗库"赓续如此光荣传统,其目光聚焦山西诗歌这一繁盛沃土,其旨在于不间断展示山西诗歌创作实绩,更瞩望为山西诗人造一清静小园。

"北岳诗库",是我们探求共建共享出版模式的开端。大风吹宇宙,红日照高山。祈愿"北岳诗库",如恒山一般,巍然耸立。

续小强
2018 年 2 月 2 日

目 录

第一辑　行迹

爆炸 / 3

变形 / 4

一九六一年 / 5

饿的天空 / 7

四弟有三个妈 / 8

小拇指头 / 10

在山中 / 12

表演 / 13

吃鱼 / 15

创作 / 16

经过后门 / 17

老墙根 / 19

马厩的遗址 / 22

失踪的少女 / 25

一天 / 26

雨夜行 / 27

郁金香 / 28

自由的鱼尾巴　／ 29

回家的草莓　／ 31

地下歌声　／ 32

后沟古村　／ 33

牛郎，牛郎　／ 35

卑微　／ 39

情人节之夜　／ 41

转移　／ 43

看戏　／ 44

眼科医院　／ 46

烟火清明　／ 48

在墓地　／ 50

醉态　／ 52

海边少女　／ 54

红场　／ 55

双眼皮海岸　／ 56

金字塔　／ 57

石头的肉身　／ 59

第二辑　心迹

出轨　／ 63

春语　／ 64

春殇　／ 65

夏天的收获　／ 66

秋意　／ 68

入冬　　/ 69
重逢　　/ 71
某日　　/ 72
光鲜　　/ 73
呼吸　　/ 74
活着是个谎言　/ 76
加工　　/ 78
老至　　/ 79
日记　　/ 80
我的葬礼　/ 81
走神　　/ 84
补歌　　/ 85
垂钓　　/ 86
浮生　　/ 87
开始　　/ 89
梦里村庄　/ 90
模拟一个黎明　/ 92
韭菜和念头　/ 94
时间之水　/ 95
世界之谜　/ 97
笼中之梦　/ 99
无声　　/ 100
馅饼之馅　/ 101
风的传说　/ 103
走失的歌谣　/ 104
两棵树　/ 106

3

第三辑　形迹

盲者　　/ 111
老冰　　/ 112
低处　　/ 113
书法　　/ 114
结石　　/ 115
老树枝　　/ 117
枪　　/ 118
夜的响　　/ 119
陷落的新闻　　/ 120
针的眼　　/ 122
绑架发生在傍晚　　/ 123
包袱　　/ 124
玻璃的天空　　/ 125
空椅　　/ 127
裂痕　　/ 129
美化　　/ 130
瀑布　　/ 131
抢救　　/ 132
上墙的羊　　/ 133
收获　　/ 134
土豆出土　　/ 135
云雨　　/ 137
吃药　　/ 138

迟疑　　／ 140

古钟　　／ 142

旧碑　　／ 143

老戏台　／ 144

河东河西　／ 146

"黑社会"　／ 147

老酒　　／ 149

拉琴的钉鞋匠　／ 150

青衣　　／ 152

失落感　／ 154

双空间　／ 155

窨井　　／ 157

"战事"与西瓜　／ 158

站台上　／ 159

一只蚊子的最后时光　／ 160

眼变史　／ 162

配件　　／ 163

着火的眼睛　／ 164

视力表　／ 165

眼之过　／ 166

高低远近　／ 167

后记　　／ 169

第一辑 行迹

爆 炸

起初只有米粒大小
在面颊上悄悄凸起
质疑的手指不断去干扰
反而助长它任性膨胀
像埋在地下的一颗炸弹
伸出的头部,尖锐泛红
一副跃跃欲裂的架势

医生小心翼翼把它
取出时,电视上的新闻里
发生了一次大爆炸
浓浓的蘑菇云
袭击了我的双眼,医生把
切片夹入玻璃容器中
我瞥去一眼,一个
小妖怪正在里面翻腾

变 形

手捧书册
读历史的一个场景

我端坐,书里的
字迹也端庄

我歪倒在沙发里
扭曲着自己的四肢

书里的字迹依然端庄
它们举着的那个场景
没有变形

幸好我的眼睛
还没有扭曲

一九六一年

杏花岭小学
新生放榜那天
母亲正在给我洗头
看榜回来的邻居对母亲说
没见你家二小子的名字

母亲的心
就在我头顶咯噔了一下
她揉着头发的手
明显放慢了速度
过会儿,她喃喃自语
是不是让你老子影响的
那时,父亲因历史反革命罪
住在监狱里

我小小心眼里藏着的那片阳光
一下子就飞走了
从此,天空里长出来个黑洞
用一团乱麻塞住

我的名字，出现在
几天以后的第二榜上
当然，原因不详

饿的天空

困难年代
上初中的大哥住校
每个周末,我和弟弟
早早坐在院子门外头
迎候他回家

月亮升上来了,那么瘦
夜空显得更加空旷
我们的小肚子里
也很空旷,还没有月亮

眼巴巴望一望
大哥回来的方向
再望一望
没有动静的天空
那轮并不饱满的月亮
多像大哥从食堂带回的
半个烧饼

四弟有三个妈

母亲生他时
父亲进了监狱
家里日子一时很难过

有位街坊老乡
结婚多年没有孩子
成了他的养母

养母把他送到乡下
找到了一个奶妈
他吃着奶妈的奶长大

等回到养母身边
又有了一妹一弟
他没有得到多少宠爱

四弟命运不济,视力很差
大半辈子走得跌跌撞撞
四十几岁时就掉光了牙齿

每到清明,他比谁都忙
他要到每一个妈的坟头上去
烧纸磕头,燃上三炷香

小拇指头

大中午,院子里空空荡荡
儿子蒋泽在练习骑车

突然倒地,小拇指
被什么磕了一下
在血的簇拥下,指甲盖
翻了起来

他一怔,捂住手
打道回府

他家住在五楼,需要
一个台阶,一个台阶跋涉
蒋泽很镇静

门开时
出现了他的父亲

"我的指甲掉啦——"
蒋泽的眼泪决了堤

顿时波涛滚滚

他的父亲打了个哆嗦
蒋泽发现，自己手上的血
倏地从父亲的眼里流出来

那一年，蒋泽九岁

在山中

住在山里的日子
每天都有一些鸟啼
跌落在清晨的窗台上
我会情不自禁地去打量
它们的形状
无论圆的扁的方的
抑或椭圆三角菱形
一律都是透明的绿色
里面没有一丝纠结

傍晚,寺庙的钟声
从远处慢悠悠晃过来
一下一下,均匀地
把山头落日击打得通红

偶尔,一片钟声走失
落到我胸脯上
心里珍藏的一枚鸟蛋
被击碎,蛋黄跌出记忆之壳
一地恍惚

表 演

张老汉每天下午
要到龙潭公园表演
他是老来俏秧歌队的头领

换上演出服
橘色衣衫很耀眼
把大半辈的黯淡点燃
面颊涂上厚厚胭脂
一笑,皱纹抖开两朵花

锣鼓点穷得晃荡
敲了十年,都没攒下
多余的节奏

十字步捆绑得很结实
扭了十年,都没有走形
自己的影子
是不离不弃的观众

湖里的鸭子

呱呱声落到鼓点上
鸭掌在水下面
熟练地"划着十字"

吃 鱼

晚饭时，吃了一条鱼
剥出一副完整骨架

像一溜兵器架子
插着两排枪刺

有一根缺失了半截
那半截插到我喉咙壁上

气流顶不出它
大水也冲不走它

此夜，我几欲梦圆
都被它一个一个刺破

创 作

一页白纸
一面白色的墙

所有的东西
都藏在墙那边

握着笔
打开冲击电钻

钻不透,那页纸
比岁月还厚

经过后门

一条路很长
一条胡同很短
小胡同尽头,是一扇门
一扇黑色的铁门

门是后门
医院太平房的后门
前门连着人间
后门通往天堂

少年时从这里经过
总是很害怕
害怕紧闭的门突然打开

人来人往的闹市里
各色品质的门开开合合
不知哪一扇是前门
哪一扇是后门

我行走在路上

像一扇门那样活动着
刚出笼的光线搭在前门上
排列成竖琴的琴弦

落日,晃晃悠悠
在后门的门楣上悬挂着
门开时,我会拥抱它
一起沉下去

老墙根

必经之路,每天走过

长长的老墙,在右手边
一路上为我传递墙根苔藓
墨绿墨绿的味道
不知是老墙捧着我斑驳的影子
还是我驮着老墙厚重的呼吸

老墙换过几次皮肤
也挡不住皱纹
从心里面长出来
皱纹跌落在皱纹上
叠成岁月沉重的和声

我从少年走到老年
还是一行单旋律
摸摸脸上浅薄的褶子
翻不出一粒饱满的音符

老墙挡着我一半视野

不知墙里有怎样的景致
我的好奇心,在墙上旋转
始终凿不出一个小孔

墙外,对面的陈设常变脸色
布景在不断地涂涂抹抹
老墙沉默,不苟言笑
我心里的马灯,却从春天
慌里慌张跑到冬天

墙根下的草丛
搭不起来一片绿荫
有一种花,总是在
不该凋谢的时节里凋谢
我茫然四顾,眼眶里
为什么一次次被雨水灌溉

墙那边有歌声传来
歌声很老,很老
有人披着往世的蓑衣
在古风里摇动青青的杨柳枝
云朵缝制的窗帘被掀起时
一角蓝天正行进在路上

深秋,老墙,向晚
头上是雁阵,脚下是黄叶

路在墙根下磨着我的脚
疲惫的地方
该有一个拐弯出现

马厩的遗址

南华门 10 号院
很神秘的,黑漆大门紧闭
小时候,我进去过一次
独院整洁:地下铺砖,树上开花

南华门曾是明代王府的遗址
10 号院在马厩的位置上
老人们这样说。再从这里走过
一股马粪的味道会缓缓驾到

大拆大建年代
10 号院又一次成了遗址
竖起一座楼,像只马靴
几十户人家挤在里面
半夜里常常飞出马的嘶鸣

那天,几经搬迁的我经过那里
马靴楼再一次成了遗址
立交桥的规划图掩着废墟
强击电钻正哒哒地模拟马蹄声

晚上，一匹疾驰而来的马
闯破我梦境的那道栅栏
它在寻找丢失已久的马厩
两匹马眼里挂着崇祯年的云彩

少顷，它又踏蹄而去
失望地折断我长长的视线
流浪的魂魄无家可归
把一滴马泪寄放在我手中
湿透了整整一个季节的天空

我也是一处遗址
一处荒废太久的遗址
一处找不到主人的遗址
遗址上诞生，遗址上结束
遗址的长链不见头尾

我是链中那一环空空的圈
废墟里找不到一根马鬃
而马鸣马蹄声和马粪的味道
也依稀在残垣断壁下尘化

抖开思绪的鬃毛，属马的我
四处去寻找我的马厩
马背上的鞍子光阴剥落
昨日的晨曦霉斑点点

残缺破碎的马蹄声
已拢不成一支完整的歌谣
数根花白了的马尾
缠在月的弓弦上,呜咽低鸣
一行渐渐瘪下去的老泪
再滚不回披着朝霞的腮上

我的马厩……

失踪的少女

一位少女失踪在
四十年前的月光里
秀发托着的那枚鸭蛋
是我夜空里
永远高悬的皎洁

与一位胖嫂邂逅
据说,少女被囚禁在
她宽大的体魄里
我举着犀利的目光
想把少女,从这座大山里
解救出来

无论怎样切割
直到我把目光磨钝
也没有剔出四十年前的
那一个轮廓

妇人笑了笑,只把
少女的一个眼神
丢给我

一 天

墙上有钟,秒针滴答
不一会就漏掉一个上午的时光
几乎同步的脉搏,为身体内
行进的旋律扣上节奏
一生的磁盘已转过去一大半
书房的龟背竹还在拼写甲骨文
三千年前起笔,如今
一个字还未成型

池塘里的那根鱼漂
像钟盘上的时针,看不见动静
鱼线把一个下午扯得很长
一棵枯树的影子倒下来
搭在我肩头,没有重量的沉
与落日牵挂
小荷尖尖角上的蜻蜓
还没有长出脚来,几只鸟儿
已静静地隐入暮色
我用几个时辰打磨的念头
被它们一粒粒衔走

雨夜行

远处有片灯光
举着火的姿势和色谱

风在近处,不断
取走身体里的温度
雨点打着瞌睡
有一搭没一搭落在旧伞上
敲不出一组完整的节奏

移动的脚步
总陷入水洼的圈套
不露神色的凉意
迅速捕获脚掌,一声轻叹
被冷飕飕的夜色折叠出皱褶
孤独已衰老,无法再生育出来
自己的影子

路边,打湿了衣衫的树
一棵一棵,无法靠近
路上,冷藏了眉目的人
一个一个,离得很远

郁金香

这处草坪
是铺着绿色台布的酒席
许多纤细的胳膊高高举起
孤独的酒杯,每一杯都盛满
橘红色的情思
春风鼓励着她们
向我倾斜着,微微颤动。

我也是一只高脚的酒杯
默默肃立在它们面前
杯里,是藏了六十年的陈酿
寂寥的酒精被唤醒春心的高度
几欲翻越杯的边缘
但是,我不知道该和谁
干杯

自由的鱼尾巴

退休那天
在单位人事处
第一次看到自己的档案

土黄色的纸袋子
厚厚的，鼓鼓的
装满我一生脚印的遗骸
和不向我解密的秘密

我好奇地打量
自己影子的包装
我知道，捆绑伤痕的绳索
也在里面藏匿着

办完手续，一条游完
规定线路的鱼就算盖棺定论
那个方方正正的纸袋子
被锁进一个黑沉沉铁柜子里
像一具棺木置入墓穴中

夜里，一条鱼尾巴
从棺木里逃出来
拖着半截绳索

回家的草莓

寒潮回访,夜色冰凉
站牌下,我等车,她等人
年纪很大的她
为板车上的草莓等买主
那些草莓,和她
受冻的鼻头一样红

公交好久才来
没有一个人走下车
在车上,我抬头看一眼
窗外的月儿,又低头瞅瞅
手中透明袋子里的那些草莓
顺便捏了捏自己的鼻头
一枚冻红的月亮
在我手掌里开始融化

地下歌声

过街的地下通道
我顺着台阶走进去
有歌声迎来

歌者有腿,架着双拐
歌声没有腿,也没有残疾
磁性的音色上,落着雪
搅起我心头的苍凉
路人匆匆而过

我顺着台阶走上去
把趴在背上沉重的歌声
卸在通道里

我又窜进红尘
闹市的喇叭正发烧
跳腾的音乐大汗淋漓
红得发紫的嘴里磕磕绊绊
每个音符都挂着拐杖

后沟古村

石块砌的小路凹凸不平
往上倾斜的角度挺大
走着走着,与尘世渐行渐远
在时光折旧的路上彳亍
远古在高处,在云的深处

这一天,阳光明亮
比山外的光线新鲜一千年
初秋的树木绿色蔓延
那些绿,刚从鸟啼里醒来
青枣在枝上酝酿诗意
一抹贵妃红是长安的流行色

观音堂青烟缭绕,女居士
一袭灰衫,默默肃立
日月行走在她脸上
也放慢脚步,不露声色
转经轮遮盖了年轮里的纹路

我在高处的土窑洞里

出出进进,像一只鸟儿
回到旧巢,拥抱草根的味道
我亮开嗓子"啊"了一声
透明的音色,在空气里
融化成空气

一只鸟儿找到窝
一个丢失很久的老窝
疲倦的翅膀还认识
横在窝边的那根老树枝

红尘里散落的许多脚印
都拓自一个村庄的石板路
走出去一千年,折回时
锅台上的那一屉玉茭窝窝
还没有蒸熟

牛郎,牛郎

阳曲山。满坡的牛
都忘记了牛郎
它们是那头老黄牛的后代
它们也忘记了自己祖先
它们毛色已不纯粹
或深或浅,甚至嫁接了
月亮白色的斑块
月光也有出轨的时候

牛铃呢喃,错落有致
一头老花牛,在一蓬
青草里觅到老相好
扎进旧爱里,不能自拔
云端上的爱,时来时去
低于草根的情思尽往深处钻

好一座爱情山
草籽饱满,都是风
从开花调里吹出的音符
那一声牛哞,重放了

有情人跌进南天池的叹息

县城里满街牛郎的后代
他们有祖先憨憨的面容
脑瓜更灵光,春色溢出眼眶
在手机上输送秋波,半个月
可以往返银河一十六趟
(五子山庄扮寨主
鸳鸯水榭戏小虾)

牛郎,牛郎
满山牛儿忘掉你
因为你走失的日子太久
牛郎,牛郎
银河点点,堆满你苦苦的泪滴
你情如长水,把前世后世和
今世的云彩都浸得透湿,透湿

我对着满坡牛儿放歌
顺着一道弯弯曲曲的旋律
来到耕田织布的庄户
想要捡拾葡萄架下绿绿的情话
谁料,仙女已返天上人间
牛郎,牛郎,你在哪里

有人说,你丢失了

银河上返程的那张旧船票
有人说，织女一次七夕夜的失约
让你一赌气远走异域

快乐总没有时间长
传说，传说着就长了胡子
不老只是神话
神话却会老去矣

我的面容已镶嵌上
风化的岩石，拍拍老脸
一堆存折里，翻不出一枚金币
只抖落下一地负数的日子
近视的眼光行不了远路
老年性白内障也阻碍端详
喜鹊羽翅上天女的明眸

蹒跚步履跟自己影子纠缠
扶着落日余晖，向牛群告别
向时光之上的牛郎告别
昏暗的光线，陪着我退回低处
退到尘埃之下

回家路上
碰上一位采药老翁
佝偻肩背，药草一篮

与他侧身相过时
好像有人跳进我的体内

我是沧桑牛郎
牛郎是沧桑之我
一行雁阵从上古飞来
队形未变,雁声未衰
只是那个句号始终喊不圆

一截浪漫,从酒盅里晃出
已飘回前世的果园
青涩被岁月传递
下坠成杯底寂寞的隔夜茶梗
称半两幽怨,五钱遗恨
倒进药罐里煎熬
那一缕缕,酸酸甜甜苦苦涩涩
已埋进骨头里

卑 微

掷一个眼神到时光之外
寻找不老的神草
太行山的奶奶顶，顶出光线
顶破天空的一片蓝
蓝雨纷扬，落在蓝刺头草
那正在发育的遐想里

好不容易超越众山
高峰之顶不会轻易让
一棵树站在头顶

卑微的草结伴而上
向高处，向蓝天集结
光线制作的路标
不会打盹

伟岸之树总在半山腰驻足
风一来，草就把它们
超越了

在我上不去的地方
总有卑微在那里绽放
即使凌霄绝顶,也无法
拒绝一颗露水的攀登

情人节之夜

她在马路那边溜达
他在马路这边溜达
他们是一个办公室的同事

街店热闹,灯光闪烁
她的影子时有时无
他的影子也时无时有

她望见了他,笑了笑
他也望见她,笑了笑
余光里都是别人的红玫瑰

马路不宽,车流不断
夜色像融化开的巧克力
味道很浓,很浓

她向前继续溜达
他也向前继续溜达
彼此背影,从斑马线那里错过

月亮把清辉一遍遍刷在地面
孤独的影子描上去一道道黑线
好看的斑马线在不断地虚构

转 移

忽然想起了什么
一条豁亮的通道打开
我反身回到现场
事件已经结束
证人不知所踪

思绪袅袅,飘落到
另一条街的院落
视线被绑扎在
又一个真相的窗口上

那场事件还在酝酿中
那个证人刚刚出生
在云彩上学习走路

我伸着结出老年斑的手
怎么也抓不住她

看 戏

胡琴吱呀吱呀响着
弓弦硬把时光扯回来
扯回来八百年

女孩子还小
步履踏在沧桑之上
青涩小脸上
涂抹了滚滚红尘

透过她眼眶里的明媚
看到的那个朝代
很滑稽的样子
就像后人看我们一样
咿咿呀呀的日子
在那小嘴上慢慢磨蹭着

她甩了一个水袖
就把那个朝代赶走了
烟消云散时
女孩用带方言味的普通话

喷吐出新世纪的口气

在街上，迎面走来一位
时尚女郎，我怎么看
怎么像是八百年前的那个
青楼女子

眼科医院

有的人蒙着左眼
有的人蒙着右眼
也有的人蒙着双眼

有的人大睁着眼
汽车开过来也看不见
有的人闭上眼睛
眼眶里尽是飞机起落

有的人上下眼皮
含着一轮红日
有的人黑眼球上
开出白色的小菊花

有的人走进永远的夜晚
有的人从长长的隧道出来
虽然世上演出许多
不忍目睹的景象,可是
谁也不想合拢眼前的大幕

有个从未睁开眼睛的孩子
偎依在母亲怀里
他对嘈杂世界一脸漠然
年轻又苍老的妈妈坐在诊室外
不住轻抚孩子的双眼
仿佛要把压在那里的
一座山推开

有的人眼里都是梦
有的人梦里都是眼

烟火清明

陵园一隅,烟火弥漫
簇拥着那条通往天国的路
路上物流滚滚,繁忙景象

复制的房宇、车马、珠宝
复制的锦衣、美食和大把钞票
复制的田园江山、人间欲望
都输送在途中

天国还是比较贫穷的
亲人还是比较清苦的
祈祷之词,在泪河里浮上浮下
随手把一沓亿元大钞掏出来
于是就看见了亲人笑靥

人间之人,这一天总想
把人间复制一份送到那边
众人拾柴火焰高
火焰是看不到尽头的天路

每一缕烟雾里，都有
思念燃爆的响声
烈焰融化了时光和距离
融化了纸醉金迷的生鲜场景
融化了白茫茫一片的虚无缥缈
生与灭，哭与笑
在烟火中重新组合死去活来

脑窍里的词语开始冒出烟雾
没有逻辑，只有温度
我的影子复制了我
不知被谁推倒在火堆上
去随烟火翻腾

在墓地

公墓的墓地，很窄憋
一块块墓碑挨挤着
像小时候住过的私搭了
好些小房子的院子

兄妹们相约来扫墓
都是花甲之人，仔细
辨认久违的父母的家门

我与妹妹先一步找到
四弟还在那边寻访
我脱口去喊他
妹妹赶忙阻拦，说
在墓地不能喊活人的名字

已经晚了
四弟的名字
在静静的墓园里回荡

一块碑后传出应答声
接着，我看见一个人影
从墓子里面走出来

醉 态

蓝色唐装上身
我就是一尊青花瓷
泥胎已朽，新釉还打眼

与柜中的青花瓷对视
它漠视我的诞生
月亮的光线，在
深蓝的背景上蜿蜒流转
我也找不到自己了

青花瓷空了身子
它的液体输入我体内

到街上招摇
有狗迎上来问候
我披着春天的心情
弯下腰，倾倒体内的物体

我倒不出二十年陈酿
倒出发酵六十年霉了的念头
在铺满虚拟阳光的马路上
闪闪发亮

海边少女

张望着天空的
波罗的海,出奇的安详
把白云擦拭过的蓝
揽拥在怀中

伫立在岸边的
俄罗斯少女,出奇的安详
把湿漉漉的蓝
蓄满眼瞳

红　场

到红场，先排队
看列宁

地下墓穴很暗
很暗，只亮着一盏灯
打在列宁的脸上

很熟悉的那个轮廓
在这个硕大的头颅里
展开过一个辽阔的国度

据说，列宁遗体已有腐坏
只是头部还算完好
身子藏在红色的旗帜下
什么情况，说不清楚
就像那场革命后的国度
也不是原版的了

这过程，不足百年

双眼皮海岸

斯里兰卡的男人和女人
都有一双大眼睛
他们把印度洋镶嵌在眼眶里
再画上双眼皮的海岸线

他们把黑夜裹在身上
仅仅留出三个孔——
两只眼睛和一张嘴巴
白天从那三个孔倾泻进来
真亮，真亮

金字塔

几束光站立在
撒哈拉大沙漠上

光是三角形的
光源在太阳神的嘴里
四散而下,垂进红尘

光是有重量的
把凡俗世界压沉到
地平线一带

光也是立体的
四个三角形搭成一个
锥形的楔子

金色的楔子
把天堂地狱装订在一起
人间夹在中间

站在金色的沙漠上

抬眼望去，空旷连空旷
云彩都没地方挂

最高的金字塔
已缺了顶尖
莫非天堂之路已断裂

石头的肉身

鹰,褐色的翅膀
还在天空翻译象形文字
尼罗河深蓝之水
不停歇地传递古埃及秘史

那些法老的木乃伊
睡了数千年吧
还在梦中等待着复活

岁月在脸上凝固成薄纸
又被人间的风吹出几道破绽
神的密码不知飘落何方

埃及国家博物馆的玻璃窗外
鸟声啾啾,许多鸟儿
都衔着一颗心跳在盘旋
怎么也放不回那个心窝窝

睡在窗里的法老
离凡俗无能的我很近
离神灵的鸟却很远

第二辑 心迹

出 轨

一粒心跳出轨
从胸腔里弹跳出来

草长莺飞的乐章
已从总谱上翻过
大提琴缓缓拉出的
G小调秋雨,轻轻打湿
一份厚厚的沧桑
旋律线上没有断头和接口
想做一颗休止符
无法找到插足的缝隙

出轨的心跳
尴尬飘浮在空中
只好附在树的一片叶子上
老迈的叶子开始晃动
正悄悄解脱,绑缚在身后的
那根绳索

春 语

雁阵归来
雁声抛撒南国的绿意
一颗躁动的心
已爬上柳树条吟哦

寒流在夜里回访
裸露的心情也会感冒
心跳上本来就刻有疤痕
羸弱得像落单的鸽子

温软的脚步声
总在梦的边缘消失
等到桃花捧出一簇明媚
寂寞就更加浓郁

春色可餐,张开嘴巴
让一粒鸟鸣落进来
我咀嚼,咀嚼到
云端之上空荡荡的清凉

春 殇

打开一颗泪
忧伤是透明的
春天到心底的路上
安排了不止四个季节

岸边捡拾几粒笑声
喜悦是封锁在睡袍里的
湖水,伪造了天上的月亮
目光常常在半路上被打对折

春天的真相
蝴蝶与花朵也不明就里

夏天的收获

阳光落满前襟
这片金质的问候
穿越了太空好远的路程
一颗恒星，燃烧出来
没有重量的物质
把一个季节的体积膨胀
并垒起来高高的温度

所有纳入视线的物体
都收进眼眶，尤其绿色
尽可采摘，贮存
让荒漠的冬季燃烧思念

少女裸露的长腿
踢乱沿路许多眼神
那高挺的小脯子
吊着市面上，一串串
不靠谱的心跳

晚上，躺在床上

多只炙热的手不离不弃
掏空白天的所有收获
连梦都不给留下

秋 意

黑色的眼瞳
装纳着整个夜空
一滴年轻的星光
向我奔来
几个光年,轻轻放在我
一个眨眼的动作里
此刻,那颗星球已经老去

一枚秋虫,掠过耳畔
呢喃着,仿佛告别
它把一大块秋天丢下来
悄悄撂在我的
眼袋里

入 冬

阔大的叶片
从高高的杨树上跃下
带着厌世的表情

我能跳进一枚树叶里
在渐渐裸露的褐色海底
拯救起五月落水的笑容吗

当季节为一片叶子
撑起画着鸟鸣的天空
它的疆域里,长满
高高低低的快乐音符
否则,不会一有风来
树上就挂满绿色的欢呼

季节被摆渡到
扼杀色彩的岛屿
铅灰色的空气,封锁了
所有缤纷毛孔的出路
黯淡成了每片叶子

谱面上的主题

我那暖色调的念头
也冷却成苍白的皮屑
挽留不住它们的逃离出走
就像脆弱的光线
无法把叶子
绑扎在树枝上一样

重 逢

无意中
在一册旧书里
邂逅若干年前
遗弃的一根头发

离开我之后
它与黑色的字迹
日夜为伍,一直保持
深沉饱满的品相

而留在头上的
那些发丝们
被岁月勒索殆尽
一根一根,装满空白

某 日

呆坐在阳台上
陪光线老去

细细抚摸光线,摸到
日子与日子的接缝

落日突然亮了一下
点燃一个城市的灯火

我手中也亮了一下
点燃几缕白色的茫然

一不小心,灼痛
缠绕在手指上的年轮

才发现,今日这个接缝
摸上去那样深阔

远处,几声狗吠跳起
把风流的冬夜咬伤

光 鲜

背上长了个肉坠子
手能摸到,葡萄干大小
它的丑模样
始终窜不进我的视线

头顶上降下霜来
我收买一把夜色,涂改了
那些早早升起来的苍白
以迷惑自己的虚荣

衣冠楚楚行于世
扶着阳光,在一片叶子
绿油油的正面
绽出响亮

褐色疤痕与灰色皱纹
则在叶子的背面默默地
蔓延,一枚小小虫儿
比春天那阵子肥大了许多

呼 吸

深深吸进一口
春天吐出的味道
丁香花正盛开
香香的溪流涌进胸腹

绿色还显单薄
遮不住风景里的伤疤
风也没学会温柔
用尖刻的音调打击耳膜

关闭视觉,关闭听觉
站在一株孤单的白玉兰树下
打开口鼻

我用呼吸与春天交流
生命之核
在温度与气味里裂变
身体里的土壤打着哈欠醒来

潜伏的种子,自由生长

拔出葳蕤的原野
为每一处迷惑指引
盛开的路径

我在呼吸中融化
春天的细网，把我滤成透明
一颗晶莹在草叶上站立
深情的目光宁愿干枯不会闭合

活着是个谎言

谁说了一声
你活着,活着
赵六揉揉眼睛咬咬嘴唇
掐掐大腿,生疼生疼
确实活着

谁说了一声
你活得很好,很好
赵六嗅嗅鼻子饭香飘来
摸摸肚皮,滚圆滚圆
确实活得好

眨眨眼,天就亮了
梦中的忧伤贴上一层金箔
心海孤舟上的那根桅杆
挑着闲云,还在悠荡

眨眨眼,天就老了
空中那面镜子上尽是裂纹
锈色越来越浓

月亮忍不住打起苍白的哈欠

谁嘀咕了一声：谎言
谁又嘀咕了一声：谎言
赵六低头看见
前世的一条流浪狗正看他
它叫赵五

加 工

脚板踩过
黑黑白白的日子
废弃的时光,被印制成
一沓沓老茧
走路,多余了一些笔画

面庞,种植过晨曦
也收割过月辉
风总是吹皱心头的涟漪
一层层铺上来
雨点,像钉子一样
把那些波纹固定下来

一件容器
把光阴过滤回透明
把自己炮制成文物

老 至

年轻时的日子很锋利
赤裸的野心踩着刀锋行走
上山时,屁股骑在风腰上
骨头是旗杆肌肉是旗帜
呼啦啦,指点山头

刀锋切不碎太阳的光
影子在泛黄的时日里枯萎
下楼时,喘声滴在脚面上
麻花的骨头面包的腰腹
屋檐下,摇摆日头

日 记

让每一天
都长眠在
一道道横格子里

装满一个本子
再换一个本子
本子像殡仪馆的盒子
祭奠一个个风化的日子

本子也像监狱里的牢房
关押着的一枚枚野心
已成枯干的标本

我的葬礼

暗中,他笑了一下
笑得很开心
肌肉都扭动起来
他看到自己的窃笑
他站在笑容的背影里

乳白色大厅里
他的葬礼正在进行
他从后台绕下来
挤进人群,又看到自己
笑容的正面,浓妆艳抹
像蔫了的老茄子刷上油漆

一场戏,按照剧本行走
观众大多心不在焉
一些人正看手机上的微信
主持人专业精神很强
把没有眼泪的悲伤整成喜剧
吸溜鼻涕的假动作到位
哽咽时的气口掌握得很好

人们使劲咬住嘴唇
把笑声咽回肚里

散场时,一部分人
匆匆忙忙回家,另一部分人
组成一支队伍向墓地出发
一个木头盒子做的道具
在前面带路
铜管乐队闪闪发亮
小号手的鼻子也闪闪发亮

队伍里有个人总在看表
老婆刚打来电话说
家里笼子里的鹦鹉失踪了
有位女士遮掩着欢悦
她家的纯种牧羊犬有喜了
小号手惦念着晚餐
这将是与新结交的女朋友
确定关系的重要会面

乐曲走着,突然转调到高潮
小号的高音冒了一泡
那个 #4 也没有吹好
似哭似笑,小号手不好意思
像没吹好的 #4 爬到脸上

躺在盒子里的他
终于生气了,拍响巴掌
风过来,把那个小号手的
大檐帽掀到地上
帽子骨碌碌转向墓地

晚上约会时
小号手的额头上
顶出一个大大的火疖子
比小号的音色还亮

走 神

端着水
要去阳台
却进了书房

书案上的一些文字
正等我认领
它们有我的血缘吗
最后的抉择是痛苦的

阳台上的米兰
扔一把香气进来
它们迅速攻占我鼻孔
一点儿犹豫也没有

手上的水
本要去拥抱芬芳
不慎，先把我淹没

补 歌

初冬之夜,一首歌
翻越朦朦胧胧的空间
被风送到我耳边时
已残缺不全

力大无比的音符
曾经每天把太阳撞醒
时间把它举过峰顶
又被甩在谷底
血染的箭头无数次穿越
镀金谱面

我用断头的旋律线
反复缠绕那些破碎的歌词
年少时丢失的笔画
已经找不回来了

勉强扎起太阳的轮廓
缺失部分刚刚好
是一个黑洞

垂 钓

他面前的一潭水
接纳了失足的云朵
藏匿了昨夜私奔的月亮
秋天的雁阵,把鸣声
埋在涟漪下面

一根杆在水上面
一根线在水下面
钩儿在他的视线里睡觉
小鱼儿渐渐长出胡须
水草把寂静一遍遍漂绿
太阳从他左肩爬到右肩
满头月色凝成霜雪
已弹不下来

鱼篓还空着

浮 生

目光向下,抚摸
低处细微事物的宁静
它们像天空的云朵
从不喧嚣

喧嚣的事物
都浮躁在地面上,坦克一般
把你的目光碾来碾去
繁华挤在眼眶里发酵酒精
我浮在尘世之上
磁悬浮很快,转眼已到
白头翁的站牌之下

那个夜晚
我一脚踏空,竟落入
一道连蚂蚁都爬不进的
细缝里

那是一个庞大王朝
寂静无比,空空如也

我仰头号啕,那些泪滴
像雨点一样往上飞
钉在黑色苍穹
站成后世里,星星的化石

开 始

冬眠的石头
咧开嘴巴
长长吐出一口气
暖色调的力,趁机
向这个缝隙集结队伍

外墙刷着月光的房子
漆皮斑驳,已开始凋落
一颗生锈的星星
坠落到水池里
溅起的一片亮,贴在天空

没有视力的小草们
抬起头来
扭向同一个角度
荒原上的绿,沿着光线
正连缀诗意的针脚

梦里村庄

黑暗像一块旧抹布
悬在村庄上方
那些星星如钉子一般
把它固定在天空
使它不至于落下来

偶尔,有零星狗叫
从镂空的墙里钻出来
很老很老的树没有招来风
寂寞的叶子与睡意纠缠

我不明不白的影子
在村路上寻找它的来历
孤山老庙里那纯正的钟声
走失已久,音讯全无

月亮剪了一个洞
仿佛把一扇天窗打开
影子趁机随雾霭溜出去
神龛上,昏沉沉烛台

正凝固着稀里糊涂的涎水

炊烟在明朗天空俯瞰
村庄是烟道里黑黑的梦

模拟一个黎明

黑暗中策马而来
右手执一道奇异之光
对称的一只手空置
等待那片芬芳的神秘降落

奔腾的造型,疾驰千年
还没有跑出保质期
一颗来不及长皱纹的念头
不断渗出崭新的汗滴

视线里的山河不见苍老
一年一年,总有
新鲜气象繁衍出来
只是某年某日的黄昏
停留的时间稍微漫长一些
那枚超龄的落日
悬挂在热气球上,不肯落下

黎明之前,我醒来
那匹马乘夜色抽身而去

马蹄声敲碎天边青白的蛋壳
芬芳之云正在流淌
手中剑柄空空,奇异之光
已经折断在夜半北风的盔甲上
我奔跑于空旷的河谷
举起那颗陈旧不堪的泪
掷向深邃的天空

韭菜和念头

冬日里，一把韭菜
在菜篮里鲜绿着
鲜绿了空气
　鲜绿了光线
　　鲜绿了眼眶
　　　鲜绿了脑窍

一把乌七八糟的念头
忽然找不着了

那些刚离开土地的韭菜
菜头上还沾着土的一点想法

那些离开我的念头，此刻
不知在谁的菜篮里沉默

时间之水

时间遇到了一道坎。壁上
表盘老迈的秒针,走不过去
在原地嗒嗒、嗒嗒地呻吟

时间之水,已经漫过
窗外鸟鸣的高度,并把太阳
渐渐推拥到吕梁山顶上

我手捧书册,溯水而上
抵达一千年前的某个黄昏
曾经遗落在汾河滩上的桨声
渺无踪影,那退缩的水流
留下了时间的刻度,只有雁影
还回放在过去的空域

时光的鬓毛已衰,一无所有
我把古诗的余香揽在怀中
我的灵感,像秒针卡在表盘上
童年的歌谣,开始流淌
水纹一样的皱褶

时间之水,漫过了
秒针、分针、时针挖掘的进度
漫过了,我灵感飞翔的速度
站在山顶浑厚壮实的夕阳
也被它冲得摇摇欲坠
再有片刻,就要被推下去了

世界之谜

一

没有花儿绽开
没有眼睛睁开

二

一朵花儿绽开
没有眼睛睁开

一朵花儿绽开
一双眼睛睁开

一朵花儿绽开
所有眼睛睁开

三

一双眼睛睁开
没有花儿绽开

一双眼睛睁开
一朵花儿绽开

一双眼睛睁开
所有花儿绽开

四

所有花儿绽开
没有眼睛睁开

所有眼睛睁开
没有花儿绽开

五

所有眼睛睁开
所有花儿绽开
……

笼中之梦

肋骨紧锁着
笼子里很安逸
呼噜正好,不高不低
它们正睡着,请勿打搅

不知道风把纸窗磨出老茧
不知道雨点在房顶挖掘隧道
不知道靴子在沼泽地生出根须
不知道绿帽子戴在雪山头上
不知道门外的道路丢失了一条腿
不知道河船满载着虚胖的浪花

笼子里的梦
可以飞出春天的风筝

无 声

着了梦色的水高起来
高过一口猪的呓语
高过一条狗的狂吠
高过一匹马的嘶鸣
高过一只苍鹰挂在空中
锋利的啼声

声带是溶于水的物质
水线下面没有分贝
梦国在水深处勾画版图
静谧天堂设在海水下的穹谷

一只蝴蝶沉溺于花海
夹带出梦中酒色,悬于翅膀
它把自己的喉管摘下来
制作成一只无形状的酒杯
与杯样的花盏对饮

馅饼之馅

梦中的天空掉馅饼
又大又厚又重
左手一张
砸塌王家的屋顶
右手一张
坠断赵家的房梁
我家在中间
没有馅饼光临
所以也没有墙倒梁斜

我急忙跑到院中去看
其实我家房顶上
也落着一张馅饼
只是没有馅
空旷的面皮很轻很轻
像给房子盖了一床薄薄夹被

再看时,我家的房子
也摇晃起来,接着就塌了
房顶和地板合拢成馅饼

我被挤出夹被,挤出梦境
挤出歌舞升平的搅拌机
挤成一团肉馅的模样

风的传说

夏天你就说，要来
秋天你又说，要来
冬天你还说，要来
春天了，我站在
南风吹开的路口去等你

寻找山溪的云彩来了
寻找桃花的蜜蜂来了
寻找老槐的鸟啼来了
寻找草根的绿意来了

从晨到夕，我的眼眶里
只有空白的影子来来去去
还有风，一阵阵拍打
我胸脯上不断起伏的山峦
我的手，不停地在空中攫取
想看看你，到底藏在
哪一缕风中

走失的歌谣

一朵花，在枝上
站成情歌的模样儿
一颗果实，呵护了
情投意合的两粒种子

风吹吹，叶飘飘
一粒落进土壤
一粒飞到水中

世上，草木葳蕤
万千芳菲拥抱出生机
一个人奔波在路上
苦苦寻找自己的另一半
墨色的影子是
盛开在他身旁的花朵

那天，坐在岸边
清亮的水面轻摇着歌谣
像遗落在前世的旋律
落日落下去的时候

身旁墨色的花朵也凋谢了

只有从梦中的小径上
才能返回那个早晨
那个有两双小手
一起播种歌谣的那个早晨

月光在他脸庞上轻轻铺开
露出眼角渗出的一颗晶莹
那是从梦境里掉出来的
一粒音符

两棵树

河岸之上
两棵不知名的树
没有高大挺直的身材
枝叶也不秀美
站在那里,双方的距离
刚刚携不上手

太阳之下
它们的影子会在某个时刻
约会,或是你搭着我
或是我搭着你
有那么一小会儿,两棵树
只有一个影子

晴朗的夜晚,浪花温柔
月亮也很知趣
扔下来亮晶晶的斗篷
遮住两棵树偎依的身影

春来，风把这棵树上的绿
递到那棵树初绽的芽上
翌日，它们会同时穿出来
镶满金色笑意的新衣衫

青蛙击鼓，敲得夏日炎炎
跳来跳去的鸟儿
把这棵树焦躁的问候，衔到
那棵树正在发烧的叶片中

深秋，一夜狂暴的西北风
吹折了两棵树的枝干
伤口处浸出的液体，像泪滴
映出蓝天上挽手的云彩

河堤是在隆冬时分坍塌的
裸露出两棵树的根须，土石里
那些思绪一样的东西紧紧交织着
分不清是这棵树，还是那棵树的

第三辑 形迹

盲 者

盲道上有行者
一支手杖牵着他
不徐不疾,气定神闲

他的脸,倾向天空
仿佛聆听云间的响动

一辆消防车呼啸而去
没有慌乱他的脚步
他只是,从烟熏火燎的人间
路过

老 冰

一块老冰
是凸在路上的
一条伤疤

伤疤上落满脚印
晶莹的脾气,蒙上
脏兮兮的屈辱

愤怒的体积被磨损
伤疤越来越小

在消失的最后一刻
它把运气不好的
一只脚印推翻

一位壮汉倒下
倒在永久的床榻上
他不能说话了

他觉得,是一块冰
消弭了他的声带

低 处

他没有腿
无法站立在人世
他的身体好像从
地里长出来
他用掌印抚摸
路上的崎岖不平

他低沉的心靠近地面
脉搏不断敲打着
暂时铺设的阳光
他偶尔抬头看一眼
落点总在鸟的翅羽上

云团被驱赶过来？
几声雷响
一场雨说来就来
路面泪水横流
天空不知把谁的沉重
倾泻到人间的低处

书 法

正在运行楷书的那一竖
身处墨的流淌中,走向难辨
只有下坠的快感
到底时,可能是向左的一挑
也可能是向右的一个拐弯

一个在心里完整的字
被他拆开,一点一点拿出来
最后才摆好那个答案

墨色的云
一笔一笔堆在头顶上方
总也收不了尾
许多人,张望着天空
答案却迟迟不肯落进眼眶

结 石

巴掌很软
拍不痛别人
从小不会打架

话语很软
骂不赢别人
到大不敢吵架

心眼也软
别人的一滴眼泪
就把自己的一个主意
淹没了

身体里长了一粒
花生米大小的结石
很痛
医院的碎石机
打了三次，未击碎

几十年的懦弱
过滤后，只留下
这一点点硬

老树枝

某树有一枝
被其它枝叶遮掩

它想吮吸一口阳光的明朗
阳光总在距它一寸的地方留步
它想拥抱一粒鸟啼的欢悦
鸟啼总是从它身边滑落下去

它一生的愿望是：
从身体上分娩一朵花
青涩的面容走成老妪的肚皮
那些绽放还是邻居家的事
老枝上只有孤独咧开的嘴巴
里面掉光了埋怨的牙齿

一场秋雨，把它的
一颗枯泪带到地面上
阳光，终于给了它一个
亮晶晶的笑容
风过来，却把那个笑影
分裂成梦的碎屑

枪

一支枪,金色的枪
躺在精致的盘子里
尖尖枪刺冲着我

我们对视
都在沉默着
窗外的阳光也是金色的
像刚从油锅里捞出来
肚子里的欲望闪闪发亮
潜伏已久

我猛然张开大嘴
黑洞洞的,像枪口一样
金枪鱼把一条命
射进我的喉中

夜的响

黏稠夜色里
突然一声爆响
让夜风打个激灵
巷口一只爆米锅
按捺不住体内的冲动

老汉忙着收割玉米花
米粒膨胀了体积
老汉也膨胀了日子
笑容却很难膨胀
夜色倒出几滴黑来
胡乱擦在他凹凸不平的脸上
一白天的阳光
也稀释不了它们

陷落的新闻

城郊半山,一排窑洞
陷落在采空区里
一个群体的心跳
跟着沉下去
越野车载来救援队
想把骨折了的梦
搀扶上来

城中大厦前,一群人
陷落在资金的纠纷里
那个牵头的人失踪
把一支队伍困在黑洞
头顶上天窗亮着,有人围观
不知谁能扔下来
一根绳索

小巷街口,一堆萝卜
陷落在黄昏的大雪中
满街的人急着回家
菜贩子让雪堆成了雪人

扫雪机开过来开过去
萝卜的腿却找不到
回家的方向

细密密的光线
陷落在厚厚的云层里
大酒店里的厨师
正摁着一条鱼,设法把
光线的尸体剔出来

针的眼

有的针有眼
有的针无眼

但是所有的针,都能
在皮肤上扎出针眼

有的针眼,渗透出
体内红色的苦难

有的针眼,向体内
浇灌无声的春暖

对于一根针,我的眼
无法判断它的心眼

绑架发生在傍晚

阴谋在山后埋伏
夕阳慢悠悠,步行在
回家的线路上
一块石头扮成闲云
把它撞入预设的圈套中
血斑溅起来
它拼尽全力,把红色警示
挂上西天
所有的眼睛却用黑暗
堵塞了自己的瞳孔

包 袱

总在虚拟一场喜剧
剧本是早已构思好的

背景上的那棵树
却迟迟不肯长出绿荫
捧在手里的道具
不住长出多余的枝节
舌尖下挤满候场的台词
突然忘了戴上磁性的发套

剧情进入暮年
主角顶着包袱出场
结局藏在里面

灯光骤亮,包袱抖开
台上台下一片空白
音乐强起,音符迸溅
如泪滴

玻璃的天空

鱼和我对视
双方的眼睛中间
隔着那道透明的墙

鱼眼睛没有眼白
也没有瞳仁
更没有瞳仁里的我
我看鱼儿很傲慢
鱼儿看我很茫然

在鱼的眼里
我与那只虎视眈眈的
猫儿一样,没什么威胁
因为我们走不进它的圈子里

圆圆的鱼的眼睛
像遥远而朦胧的星星
那不到一个厘米厚的玻璃
是不知几个光年的天空

我举起手掌
在鱼的眼前挥动
它没有理睬

我却看到
手掌扬着马鬃奔腾而去
隐如玻璃的天空
在后世的某一个早上
我们互致问候

空 椅

角落里那把椅子
陈列茫然
带着念头的屁股
不去坐它,时日已久
阳光也是有想法的
总在距它一米的地方停下
单薄的月辉,更没力气
探到空置的椅子上

坐上去一些灰尘
是岁月咀嚼光芒的时候
掉下来的碎屑
空椅不空
捧着沉甸甸的荒凉

有念头的屁股
一半在光线的上面
一半在光线的下面
各种口感的椅子在锅里
烹饪滋味

屁股,很沉很沉
坐坏许多新口味的椅子
念头,很轻很轻
纷纷飘到旧椅子上落座

裂 痕

墙角下
细小的裂纹
纠缠住一只蚂蚁
慌乱的脚步

云团上
枝形的闪电
撕裂天幕,吞没
所有的光芒

一枚钉子
从胸膛里射出
怎么也追不上,一道
伤痕裂开的速度

美 化

低处的楼顶
被刷上喜洋洋的黄
拉开窗帘时
让我误读为阳光一页

阳光已被云层截获
云,厚得吝啬
不肯漏下一块小小光斑
灰蒙蒙的人间
心跳像打散的蛋黄
浑浊中丢失了方向感

伪造几件阳光外套
穿在低矮的建筑物上
让高处的目光亮了一些

低处,鼾声此起彼伏
艳俗外套里,昏暗的被子
把懵懂蒙在面孔上

瀑 布

山的深处
藏一片瀑布
弯弯山路上
挤满探景的脚步

上山的人
嘴巴渴望着
不住吞咽
储在脑壳里的清凉

下来的人
步履蹒跚着
装在眼眶里的水瀑
正渐渐枯竭

抢 救

颅内出血,深度昏迷
老人家躺在医院的床上
身上插了几条管子
像从人间垂下来
救命的绳索

那天
老人家挣脱绳索走了
床上只留下那件
伴随一生的旧皮衣

上墙的羊

墙上挂着几只羊
骨肉已经失踪
皮毛还在阳光下颤栗
把生命最后的苍白表情
张贴出来

风吹草低见羊皮

趴在墙上的羊，抚摸
砖缝里渗透的冷漠
切割不走的膻腥味
吊起来一束束
被血染红的狗吠

收 获

她弯着瘦瘦的身子
在路边的垃圾桶里翻检
像一个钩子探进
黑洞洞的深井
打捞着奇迹

天上的月牙儿
也弯下瘦瘦的身子
像鱼钩沉在深沉的水里
打捞时光

她直起腰,手里抓着
一个新的金属水杯
拧开盖子,里面盛着一枚
瘦瘦的月牙儿

一丝笑意从她脸上
深深的皱褶里
爬出来

土豆出土

披一身前世风尘
坑坑洼洼的脸蛋蛋
新鲜而苍老
硬把一颗清泪
储藏成这般模样

山里的土
掩埋过凄凄的故事
同时掩埋了故事头上的
那片天,包括
那个晚上的一筐星星

过去的岁月
依次睡在土里
许多事物就那样过去了
睡在土里心不甘啊
顶起一座座山包

挖出来的固体都是泪

模样各异的泪
端详一块石头,你能够
取出一段悲凉

云 雨

一些水
从天上降到地面
在低洼处,铺一张
明亮的床

一朵云
经不住诱惑
跳进地上的床
床上,风起云涌

太阳出来
那些水,攀缘着
垂下来的光线
回到天上

那朵云
回不去了,地面
卧着一片云的模样儿
那是它的遗骸

吃 药

每天起床后
第一项仪式是吃药
白的红的圆的方的
摆出一溜,被我检阅后
依次步入口腔

出门,来来往往的人
其中许多都吃了药
表情安详
那些宠物窜来窜去
神色怪异,显然是
没有吃药
天上的云朵没有吃药
所以不按章法排练

一个忘了吃药的人
在路面上裸奔
许多忘了吃药的眼神
放射光彩去追逐

一辆公交车与宝马
还有两辆电动自行车
拥抱在一处
许多嘴巴相互喷射雨点
那些液体里
没有药的味道

一个空间里的某个时段
如果没有吃药
石头都会击落太阳

迟 疑

公交车疾驰而来，停下
阿黄眼瞅站牌，腿下正犹豫
车却一溜烟开走了

阿黄赶到医院时
挂号的队伍排很长
快到窗口，有人加塞
他正要组织几句言语阻拦
那人早把手伸进小窗
人家办妥后，小窗就关上了

阿黄躺在病床上
医生说需要动手术
阿黄说要想一想
哆嗦的手想抓住什么
空中有根线，但他探不着
天亮前，阿黄走了

本来，阿黄去敲那边的门
睡意正浓的死神老汉

刚被尿憋醒
迟疑中打开门闩
阿黄就进去了

古 钟

虽然古钟身上
结满厚厚的老年斑
走过三百年的钟声
依然底气很足

步履也不蹒跚
稳稳叩击每一座山头
山谷里,共鸣勃起
洋溢着雄性的神秘气息

钟声不响的时候
山是沉睡的,有一两滴
鸟啼从梦中遗漏
掉在草丛,了无踪影

三百年前的事物已模糊
只有钟声还在时间里清晰
走老西天一颗颗落日
磁性的音色泛出的深黄
把云中的雁鸣染旧

旧 碑

山里有座庙
屋倒墙斜
几块功德碑尚好

碑石上刻满人名
擦去浮土——王世昌
出现在我眼前
我不知道他的身世
只晓得他捐了一两碎银

白银换成白烟散去
那些做功德的人
站成笔画留在碑上

我捡起石头，敲击石碑
敲痛那个名字
它"哎哟"一声，山谷里
溅起一片"啵啵啵啵"
三百年前落在地上的木鱼声
都复活了

老戏台

走上村里的老戏台
不是来演戏
落幕以后的村落
梆子不再敲打日子

戏台已是个遗址
一截截时光散落在
台口的砖缝里

一条砖缝里露出的
一段线头,曾连缀过
贵妃脖子上的项珠
也连缀着一个红粉江山

跳下戏台
从历史的高度跃下
从千年的风雨纠缠中脱身
落在积满草末的地面
迎面而来的岁月
就是一股羊粪味儿

一头老牛悠闲地踱步
那一声"哞",爬上
弯弯曲曲的炊烟
随后失踪,随后
又在村口出现

河东河西

三十年前
猪和鸡价值相等
一斤猪肉和一斤鸡蛋
都是九毛六

昨天,鸡蛋两块八
猪肉十六块八
价格差了六倍

三十年前,虎生和狗娃
是牛头巷的邻居
他们出生在同一天
都是腊月初八

如今,虎生在
河西卖鸡蛋,狗娃在
河东珠宝行当老板
一个玉雕猪崽卖十八万

我说的这条河叫汾河

"黑社会"

停电了
一条街的半边
突然坍塌在黑暗里

没有电的楼,挡住月亮
我成了我的影子
另一个低矮的影子过来
说出几句暗号,我对答有误
它汪汪着一溜烟跑了

我发现,暗中的暗语那样多
树上、花池、墙角
许多事物正用黑话接头
我甚至听到一股暗流
投奔进黑洞的声音
里边掌声雷动

电来的时候
那个"黑社会"消失了

在明亮的房子里,我看见
那个"黑社会"躲藏进
我的身体里面

老 酒

许多年前,朋友
送我一罐陈酿
陶质的酒瓶很好看
置放在酒柜上层
每天看一看它
酒香便醉了眼神

搬家时,取下酒罐
手上感觉很轻
疑窦中打开密封的塞子
竟倒不出一滴酒
鼻子嗅嗅,最后一缕酒香
就像一根腐朽的绳索
迅速在空气中化为乌有

拉琴的钉鞋匠

厂子破产后
电焊工赵师傅来到
工厂旁边的大学门口
做起了钉鞋匠

赵师傅的手艺渐入佳境
原先,他把两块不相干的铁皮
联系在一起;现在把两块
不相干的牛皮联系在一起
同时,也是把自己断裂开的
日子联系在一起

曾在厂宣传队
拉手风琴的赵师傅
钉鞋像拉琴一样有节奏
他把音符,一枚枚砸进
那些男生的鞋底和
女教师的高跟里

那晚,赵师傅

喝了点小酒有些兴奋
操起好久没动的手风琴
当手指在键盘上摩挲时
一个音符也没有啦

青 衣

公园广场
许多许多人聚拢起来
吼红歌

她款款行到场子中央
站在指挥台旁
她轻扭细腰,抬臂甩袖
俨然都是青衣的范儿
钢铁铸就的节拍
都被她化成西皮流水

她眼目中,停泊着
遥远的旧时光,那里
没有指挥,没有乐队
也没有亢奋的歌友兼观众
眼下身边不过是些道具

她每天默默来,默默走
不知家住何方
有人说,她出身戏曲世家

奶奶唱青衣,母亲也唱青衣

她每天都要
换一身新的行头
低调的衣饰,十分得体
那天,她一个转身亮相
抖出一把民国年间的味儿

失落感

把一颗刚出炉的瓜子
丢进嘴里,吐皮时
瓜子仁也趁机越狱了
满地都是瓜子皮的喧哗
嘴里咽下一口无奈

刷牙时,新牙刷
掉进了马桶,看来
牙刷更加乐意刷马桶
瓷质很好的马桶
比我嘴里的烤瓷牙还白

中秋之夜的月儿
亮了个相突然就失踪了
捕猎的目光,都在
失明的夜空迷路
路上的行人低着头
默默地行走,每个人怀里
揣着一个偷来的月亮

双空间

河边。智障者
一个长了许多年
也没有长大的孩子
在唱歌

听不懂他的歌词
那旋律在我耳朵里
也似乎只是一些直线
就如他脸上,没有
日月之犁耕翻过的起伏

我在岸边,河水流成
额头上皱纹的模样
他在岸边,河水流成
一架竖琴的模样

我抬头看南山,低头时
浸湿了陶渊明的悠然
他抬头看南山,低头时
把南山倒进河水里

我把一行诗举在唇边
风把它拆扯成片片枯叶
他即兴啊了一声,被大雁
一级级传达到天庭各个角落

我发现
他的眼中空间巨大
眼皮一抬,就放进他的
所有江山

窨井

下水道井盖开着
一张脸从里面升起来
跟着工人上来的是一桶
还没有涂抹过天日的淤泥

一块阳光不幸落入
井下，无法出来
井盖合上时
黑暗窒息了它

"战事"与西瓜

街口，有一些人
围着一盘棋
打打杀杀
汽车拥堵在附近
响着喇叭，为
棋盘上的战事呐喊

分界线上有些麻烦
棋局陷入胶着状态
无论弈者观者，眉头上
都缠绕几圈短了路的线索

毕竟不乏高手
有人支招，战场硝烟又起
圈外人不急，一妇人说
今年西瓜真便宜

站台上

铁路小站
一列客车从远方
如约而至。无人下车
只有人匆匆上车

有流浪女欲登车,无票
被女列车员拦下
列车长啸一声,向
远方对面的远方疾驶而去

流浪女追着火车呼唤
火车没有回头
只是用车身的投影
轻轻抚摸了她一会儿

远方吞没了火车
也吞没了流浪女的远方

此时,来自远方的
一枚雨点,无声无息地
停靠在她的眼角处

一只蚊子的最后时光

天气渐凉
微光在夜色里丰满

一只蚊子
蹒跚在梦的边缘
向我隆重道别
蒸发了底气的响声空泛
它老迈的嘴舌,首次
温柔地啜吸着我的皮肤
已经没有实际操作能力了
我也不忍打断那些模拟动作
我曾向它提供了
一个夏天的新鲜血浆
也不能保证它飞往
下一个季节
至于以往那些血红色的饱嗝
能缀成一串玛瑙项链
传给它的后代吗

我没有去拍击它

让它圆满自己的轮回吧
它与我一样
生命的形式就是
在时间的长绳上挽那个结
用一生完成一个动作
或迟或早都要落幕，没有例外
唯一的选择
是寿终正寝之时
在什么地方，用什么姿势

眼变史

青春期那会儿爱美
只恨自己眼睛长得小
整天对着镜子眨巴眼睛
盼望上眼皮多出一道褶子
就会变成好看的双眼皮
镜子里的小眼睛很深很亮
蓄满清清的泉水

行走到更年期以后
脸上的纹路被踏成网络
偶尔照一回镜子
上眼皮多了不止一道褶子
眼眶也成干涸的井底
下眼皮还吊了两只袋子
接满此生苦苦的泪水

配 件

矿井下的一次事故
让他失去了右眼和右臂
半座"江山坍塌"

后来,他装上假肢
又配上义眼,看起来
就恢复成完整的人

晚上睡觉前
他要把自己拆开
卸下假肢放在床边
再取出义眼搁在床头柜上

梦里头,他很忙
一会去追跑在风里的腿
一会又要抓藏在云里的眼

床头柜上的眼睛守着他
一夜都不能合眼皮

着火的眼睛

高原反应,眼底出血
去拉萨闯荡的中原汉子杨哥
不得已又回到家乡
他说那边的钱好挣
可惜自己眼睛不争气

在病房
他的眼睛看不出异样
他总梦见眼睛着了火
醒来时,灰烬停留在眼前
挥赶不去

站在窗下的阴影里
他不知道眼里的阴影
能不能散去
看着两个跑出跑进
未成年的儿子,他眼里
分泌出水银般沉重的液体
仿佛是从着火的眼底炼出来的

视力表

上面的每个符号
都伸着三根黑色指头
你要用一根指头
指出三根指头的指尖

大大小小的"山"
上下左右旋转
你能否很快找到
山的出口

在你手指犹豫的地方
正是茫然之国的边境

眼之过

有几年了
呈现在眼前的事物
越来越昏暗模糊,不知
是谁把世界弄得脏兮兮的

做过白内障手术第二天
医生扯开眼罩,顺便递给我
一个洗得清清爽爽的世界

哦,是医生
洗干净了我那用旧的眼睛

这些年读世道
事物的许多因果关系
也看不清楚了。我捉摸着
该去找哪家医院

高低远近

60度以上是高度酒
600度以上是高度近视

600度以上的酒肯定没有
6000度以上的近视不知有没有

他的近视达到3000度
摘了眼镜就像来到
海拔3000米山顶的大雾里
但低下头,那些细微王国
却离他很近,他可以看到
别人看不到的风景

比如,沙粒上的路径
比如,蚂蚁眼角的皱纹
甚至小猫长须上磕碰的伤痕

眼睛的一场手术后
他近视的高度下降了2800

细微王国反而离他远了
远到他用目光无法
触摸到的地方

后 记

　　收在这个集子里的百余首诗,是从我2015年下半年至今写的诗里选出来的。这期间共写了近三百首,多数被淘汰。在写诗的诗人里,我的产量算中等,至于质量,自己就不好说了。每首诗在写的时候,自我感觉都不错,写完一看,有些就觉一般,再过几天看,又有一些显出平庸之相来。很少写好觉得差,以后又看出好来。当然,这都是自己的主观认知。有的诗,自己挺高看,外人看得平平,也有个别诗,自己觉得平常,外人还看出妙来。诗这个东西,让人常常捉摸不透。

　　诗集的目录有些说道。按写作时间排顺序是最简单的,其余的就要按类分辑了。我琢磨半天,才找了个角度这样分。"行迹"乃行走的痕迹,是对旅行过程和生活中见闻的思考;"心迹"是内心的一些思绪,有的是瞬间的,飘忽一下就逮不着了,所谓心理路程也;"形迹"则是事物形状的变形变化变异和联想。实际上现代诗歌很难分类,因为是多解的。我这样分,很勉强,相当于把一堆土豆按个头划拉成三堆,纯属形式上的要求吧。

　　我写现代诗只有五年多的光景,道行还差得多。看现在那些年轻人写得多么好,想想自己年纪已一大把,有时写得还挺幼稚，可笑可笑也。

　　话又说回来，自己从小到大，文学情结未衰，不写点什么心会不安。人在职场时，身不由己，心也不由己，没有精力多写。退休后，时间兴趣完全由自己支配，想怎么写怎么写，真正成了"坐家"。不管多老，只要还能思考，就要读，就要思，就要写，防止脑痴呆。做自己喜欢的事情是最愉快的。

　　既然忝列知识分子队伍，就要保持深度思考的习惯。要有反思精神，反思自己，也反思社会，这样才能进步。质疑精神是智者的体现，悲悯情怀是仁者的所为，都是生命的价值。我的诗是这种状态下的产物，是所思所想的轻浅痕迹，是脑窍里飞出来的几根鸡毛。不管怎样，都戳着自己血色的印章。

蒋言礼

2018年6月15日于煮诗斋